ENGINEERING MEANS UNEMPLOYMENT

4 YEARS L

SUMEET KUMAR

Made with ♥ on the Notion Press Platform
www.notionpress.com

Enter Caption

SUMEET KUMAR , A adult who experinces many phases of life , a well known writer and a writer of new era .In reality he is a writer as well as ,singer ,poeter ,shayar ,quote writer ,lyric writer and and a performer well as anchor or standup comedian.Very exicting and intresting fact about him is that he is author of new era i.e. He starts his journey of writing at the age when he was going to schools to get the study .

His streak of 200 books will be the great achievment for him in future ,His some famous works i.e Maturity of love (genre _Love)

Privacy of dream (Genre -LIFE STYLE OF MIDDLE CLASS).

YOU CAN ALSO BUY MY BOOKS NOTION PRESS ,ABE BOOKS ,IMUSIC IN ,FLIPKART ,AMAZON ,KINDLE ,INSTANT READ LIKE EBOOK ,KINDLE ,GOOGLE ,INTERNATIONAL SITES AND MANY MORE .

PODCASTER ON SPOTIFY :@BROKEN HEART

INSTA ID : BOOKHUB92

GMAIL: sumitkumar 88234

LINKEDIAN : SUMEET KUMAR

.

Contents

Acknowledgements *vii*

1. Bachelor Degree 1
2. Desire For Break 4
3. Impatient 7
4. Torque Choice 9
5. Not To Told 11
6. Pistol War Of Jobs 14
7. B.tech Vali Degree 17
8. Let See The View 21
9. Not Excepted 23
10. Shattered Conversation 25
11. Altered Smile 27

Heaven Victory With Suspense 31

Acknowledgements

Enter Caption

SUMEET KUMAR , A adult who experinces many phases of life , a well known writer and a writer of new era .In reality he is a writer as well as ,singer ,poeter ,shayar ,quote writer ,lyric writer and and a performer well as anchor or standup comedian.Very exicting and intresting fact about him is that he is author of new era i.e. He starts his journey of writing at the age when he was going to schools to get the study .

His streak of 200 books will be the great achievment for him in future ,His some famous works i.e Maturity of love (genre _Love) Privacy of dream (Genre -LIFE STYLE OF MIDDLE CLASS).

YOU CAN ALSO BUY MY BOOKS NOTION PRESS ,ABE BOOKS ,IMUSIC IN ,FLIPKART ,AMAZON ,KINDLE ,INSTANT READ LIKE EBOOK ,KINDLE ,GOOGLE ,INTERNATIONAL SITES AND MANY MORE .

PODCASTER ON SPOTIFY :@BROKEN HEART

INSTA ID : BOOKHUB92

GMAIL: sumitkumar 88234

LINKEDIAN : SUMEET KUMAR

.

CHAPTER ONE

BACHELOR DEGREE

Aaj sayad likhne ke alfaaz mere behad sahi hai kyunki jo kehna cahhta hun vo dil ki vo baateion jo hamesha khud seh kehta hun kyunki duniya ki baateion mujhe samaj nahi aati aur samaj ki baateion mein samjhana nahi cahhta ,par phir bhi kuch yaadeion hai jo ish din mein ek aashiyane ki tarah apni chaap chhode hue hai ,mein kya bann cahhta hun mujhe nahi pata ,yeh mujhe logo ne kya banaya hai ye mein nahi janta ,mein toh bas itna janta hun ki zindagi jitni bhi hai meri hai ,mein na toh ishe kishi ke sath baatna cahhta hun aur na he kishi ke samne ishe jahir karna cahhta hun kyunki mohabatt hee vo ek akhiri dard nahi hai jo ek insaan ko khud seh durr kar deti hai aur bhi kayi saari cheeze hai ish mehfil mein jo ek insaan ko kamjorr deti hai ,meri ye baateion sirf mujseh seh nahi ho rahi ye toh meri ush ruhh ki sifarish hai jo mujhe aaj bhi jeene ke khawish utni hee deti hai jitne ki bachapn ki yaadeion ho ,mein har waqt sochta hun ki kaash ish safar ko chhod kar kishi aur manjil ki taraf badh jayun par aisha kabhi hua hee nahi mere sath ,matlab zindagi itni bereham ho chuki hai ki kabr tak jaane ke liye bhi saali khairat mangti hai ,mein vo insaan hun jisne khushyian bhi uti hee dekhi hai jitne ke gam ke badal hai ,aag badhna cahhta hun ,aur in sab seh durr bhi hona cahhta hun per aashan hee nahi hai ki inse durr ho jayun ye cahh kar bhi kabhi khud ko inse durr nahi kar sakta ,kyunki ye meri vo dehlij hai jisse agar ek baar gujar toh sayad kabhi kishi seh mohabatt ho hee na ,aab darr lagne laga hai khud ke wajood seh ki kahi haar na jayun ,kyunki raste toh tay kar lete hun per zindagi tay nahi kar pa raha ,har din ush dehlij seh jab hokar gujarta hun toh aisha lagta hai ki zindagi mujseh aurr bhi ho rahi hai ,aishi bhi baat nahi hai ki mujhe jeene ki tamana nahi hai ,mein toh apni baahon ko kholkar ,gaaliyon mein aur pahdo ke beech ghumna cahhta hun ,jaha ki hava bhi mere sath ho aur sirf mohabatt aur apne paan ka naam le ,par aajkal khwaab purre hote hee kaha hai agar mein cahhu toh meri tamana adhuri hee rahegi ,ye zindagi bhi hame har waqt kayi raste dikhati hai ,aur vo raste bhi kuch apne hote hai toh kuch paraye ,mujhe nahi pata ki mein apne sapne purre kar payunga ye nahi ,mujhe ye nahi pata ki maine jo chamak apni har muraad mein kya vhi mere sapno ko purra kar sakti hai ?jeene ka aehsaas toh hai per iska matlab ki khairat pata nahi chal rahi ,akhir kya kar raha hun mein yeha ,kya wajood hai mere ish duniya mein ?

kya kabhi khud ko pechaan payunga yeh bakiyo ki tarah khud ki ek pechaan bana kar ush samsaan ki aag ek din jal jayunga ,mein agni seh dart nahi hun aur na hee khud ko kurbaan karne seh peeche hat tha hun phir bhi ek cahhat hai mann mein jo har waqt adhuri rehti hai ,aur sayad jishe cahh kar bhi mein purra nahi kart sakta ,mujhe uski har ek chaya khud ke aandar samet kar apni yaadeion buniyaad mein ek nayi mehfil ki deewaar banani hai jiski itte bhi mere naam seh suru aur mere naam per khatm ,par mujhe ye nahi pata ki ye mein kab kar payunga ,meri bhvanayein aab mujhe per hee haabi ho rahi hai jishe cahh kar bhi khud seh alag nahi kar pa raha mein ,mujhe nahi pata inhe kish cheez ki cahhat hai mujseh bash itna zaroor janta hun ki har ek muraad inki bash mujhe khud seh durr karne mein lagi hai .

CHAPTER TWO

DESIRE FOR BREAK

aajkal waqt seh baateion hone lagi hai meri ,mein unke kareeb jitne jata hun vo mujhe utna cahhti hai per unki cahhat bhi aajkal fheeki hai uske shaameion ki tarah jinse mein kabhi waqif hua hee nahi ,ek baar tutnne ke baad aishi baat nahi hai ki dubara ush mehfil mein ja nahi sakta ,jaane ki fidrat aab bhi be-shumaar hai per khud ki adalat ne kayi jurm aab tak maff nahi kiye hai ,mein kya sochta hun har waqt mujhe ye nahi janna vo bhi kshi aur seh ,bash emin itna hun ki bada masoom sa ladka jiski masumiyat kuch logo bharoh mehfil mein lootne ke koshish i hai ,mein na toh khud ke wajood ko galat mann sakta hun aur na hee ishe kabhi kabhi galat hone dunga per saval aab bhi yehi hai kya mein sach mein uska ho chuka hai jo meri kabhi hui hee nahi ,khair ye baateion mohabatt ki toh hai nahi toh janab apne alfaaz sambhale kyunki har chhot khaye hue bande ko bash dard ki hava hee chaiye jo unhe phir madhosh kar ke ek aishe raste per lekar chalegi jisse sambhala behad kathin honga .

mein ish safar khatam toh karna cahhta hun par isse harr kar kahi durr nah jaana cahhta ,mujhe pata hai ki iski har ek yaadeion mujhe pareshaan karegi ,aur sayad ye jab tak meri mehfil ho mujhe barbaad bhi kar sakti hai ,par mein khud nahi janta ki ish dard ki daba kya hai agar iski talim thodi seh bhi maloom hoti hai toh ishe khud ke jehan seh bahut pehle hee durr kara chuka hota ,par aashan kaha hai ?jab tak rishte nibha raha tab tak insaan hun par jish din maine unse apne bandhan todd liye sayad ush din havaniyat samne aa jaye ,par ush din mere ma aur papa ki talim haar jayegi yeh vo ilm harr jayegi jo unhone mujhe di hai ,khair lamhe toh kayi aate hai per kuch baateion hai jo apko ulti kar ke bata raha hun ,bachelor life ka baare mein kabhi suna hai ,matlab jab tak kuch dard jahir na kar do tab tak iski pathsala kaishe khulegi ,ishliye toh sabse pehle iske baare mein maine kuch alfaaz pehle hee shaamil kar diye hai ki thoda toh struggle najar aaye hai ,bachelor life bhi bilkul ek tarfa mohabatt ki tarah jo jab tak sath rehti hai tab tak jeene ki khawish jinda rakhti hai par jish din uski laash hamare aashyane mein pari mili ush din zindagi asliyat mein apne raang dikhati hai.

maine kya khoya hai zindagi mein mujhe nahi pata kyunki mere ateet ki har vo sifarish mujhe aaj jhooti lagti hai jiske liye mein pehle marta tha ,aaj zindagi bilkul ush pressure cooker ki tarah ho chuki jiske ek baar bajne par ye toh anubhav hota hai ki safar jaari hai par agar vhi dubara baj jaye matlab hamne raste ko tay kar liya hai ?likhne ke sabd kuch khaas nahi hai kyunki mein janta ki meri kahani bhi ush chand ki tarah hai jiske pass khud ki koi roshni hai hee nahi .

khair agar baar roshini ki ho hee rahi hai toh baat toh ush sooraj ki honi hee chaiye ,kyunki ye kahani bhi ushi ki hai jisne akerle hee apni zindagi mein har waqt harr kar fateh ki cahhat ki hai ,sooraj ki kirno kishi ki mohtaaz nahi hoti ,aur kehte hai jab aap kishi ke sahare ke bina chalna sheek jayo toh ush din apki zindagi behtar bhi ho jayegi aur sayad savar bhi jaye ,ye baateion mein kyun keh raha kyun maine kabhi in cheezo ko mahasoosh kiya hai apni zindagi ye sirf barbola hee bann raha hun sab ke samne ,vo kehte hai na agar panno mein dard ki riwayat likhi hai matlab zindagi ne kayi aishe haalat dikhye hai jish dekh kar mein aaj bhi khud ko kamjoor samjhta hun.

CHAPTER THREE

IMPATIENT

pehle sochta tha ki sabse durr jaana hai aur aab jab unse durr hun toh ye lagta hai ki akhir jaana hee kyun tha ,matlab ush aashiyane ko chhod kar jaana hee kyun tha ,jaha mere hathon mein meri kismat bhale hee mere haqq mein likhi na thi par sukoon ki baateion toh thi ,kyun gaya mein ush aashiyane ko chhod kar jaha ki har deeware ma ki kathhi meethi yaadeion seh aab bhi judi hai ,aaj sayad khud ki najron mein jeet kar bhi harr chuka hun aisha mahasoosh ho raha hai ki ye zindagi akhir mili hee kyun mujhe ,sab kuch apne hathon seh kho diya hai maine na papa ki vo daat aab in kaano ko sunai deti hai aur na hee ma ki vo mamta en aankheion mein ,kabhi socha nahi tha ki jish aashiyane seh mein durr jaana cahhta hun uski hee yaadeion mere liye jeena ka sahara bann jayegi ,kya aap sab ko pata hai ki ham ek itt ki maakan ko ghar kyun kehte hai ,kyunki uski deeware hame mehfooz rakhti hai un sab seh jinse ham darte hai ,vo duniya jitni bahar seh dikhne mein aachi utni hee aandar seh buri aur khokli bhi hai , mujhe nahi pata ki mein kishi taraf jayun ?kyunki raste toh bahut hai par manjil ek hai usk khwaab ek hai aur uski umeed bhi ek hai ,mein vo insaan hun jish khuushyion ki sauagta bhi chaiye aab aur gamo ki baarat bhi ,log kehte hai ki mein uljha hua hun aur sayad mujhe bhi yehi lagta hai ki mein uljha hua hun ,aur ish kadar uljha hua hai ki mujhe mere sapne bhi nahi dikh rahe hai ,mein apne ush purane sehar aur uski yaadeion ko bhale hee chhod chuka per vo mujhe kabhi nahi chhodne vale,duniye mein ek insaan ko chaiye hee kaha ? agar vo ameer toh ushe sukoon aur agar vo gareeb hai toh do waqt ki roti aur agar vo middle class family seh hai toh farogh mein ijjat aur ek moti kamai jiske badaulat vo apni aage ki zindagi acchi tarah seh katt sake .

mein ye kyun likh raha mein bhi nahi janta bash itna zaroor mahasoosh kar sakta hun ki jo chyeeze ham jaldbaazi mein karte hai mere kehne ka mtalba hai ki jab ham apne patience ki deewar todd uske aage jaane ki kosis karte hai yeh usk seema ko langhte hai toh zindagi hame kuch naye pala nahi dikhati balki uski jagah vo hamare ateet ko aur bhi badtaar banati hai ye seedho sabdo mein kahun toh na hee jeene ke liye aur na hee marne ke liye ,soho zindagi mein apko ek aishi dua mila hai jo kabhi khatm ho hee nahi toh kya aap uske sath purri zindagi bita payoge ?

CHAPTER FOUR

TORQUE CHOICE

Mujhe toh nahi lgata kyunki jish tarah maine apni zindagi ji hai ,agar unhe ek tarfa ye do tarfa kar ke dekhun bhi toh vo meri pehli vali zindagi ke muqabale mein bilkul fheeki hai aur vo ishliye hai kyunki pehle ma hathon seh khana bana kar khilati thi aur aaj jab khud ke hathon seh ushi khane ko banata hun toh na toh usme koi mamta hai aur na hee koi swad ,ushe kha kar aisha mahasoosh karte hun ki zindagi kabhi kishi ko aishe din na dikhaye ,ghar ke jish deepak ko chood kar aaya hun ye jish roshini ki har ek sham ush andhere mein chhod aaya hun ,mujhe nahi lgta ki uski chamak phir seh en aankheion mein kabhi laut payegi ,par aishi baat bhi nahi ki kosis nahi kar raha ,par sochta hun ki jo cheeze maine ateet mein ki hai ushe mein akhir apne bhavishya ki chaap kaishe dun ,kehna ka saaf matlab hai janab ki apne aashyiane seh durr jaane ki riwayat bhi maine hee ki hai toh uske pass jaane ki riwayat bhi agar mujseh ho toh sayad ish dil ko kuch pal ke liye hee sahi par sukoon mahasoosh hongi ,khair jish aashiyane ki har ek kaaya chhod kar aaya tha sayad aab ushe thamne ki zaroorat hai mujhe kyunki agar meri kabr bhi saje toh meri ye cahhat hai ki ush aagan mein saje jaha mere bachpan ki har yaadeion khushiyon seh bhari aur befikr thi ,zindagi hame kayi cehre dikhati hai par ush waqt ham un cehro ko samajh hee nahi paate kyunki un cehro ke peeche mukhate jo rishte ko hote hai ham unhe kabhi khud seh durr kar hee nahi sakte bhale hee hamari jaan hee kyun na chali jaye .

CHAPTER FIVE

NOT TO TOLD

zindagi bhi ek kitab hai jiske paane meri taraf thode khamosh seh hai ,mein duniya ke har ush dard seh waqif jish log fanna kehte hai aur sayad mein bhi unhi mein ek sifarish hun ,ush khuda ne zindagi toh di hai hame par unhone kabhi ye nahi sikhaya ki hame jeena kaishe ,jaishe bachpan mein jab bade sath chhod dete hai aur hame ye kehkar bol dete hai ki jao ji lo apni zindagi agar tum hamare hisaab seh nahi chal sakte toh tum hamare ghar mein nahi reh sakte ,vo ye baateion ishliye bolte kyunki unki bhi ek cahhta hai ki ham apne bachapn ki har ek chhot ko javani mein na dohraye ,maine kabhi zindagi ush tarah ji hee nahi hai ,matlab ruhh hai ish sareer ke aandar par iski har ek kaaya muujhe khud seh durr karne ke liye hamesha tayar rehti hai ,kya sikha ?kya talim mili mujhe nahi pata ?mein toh bash itrna janta hun ki aaj harr ke hee kuch sabd apne alfaazo ki tarazu mein likhne ki koshish kar raha hun vo kehte hai duniya mein har cheez kismat mein nahi likhi jaati hai ,ish duniya mein jishe bhi ye lagta hai ki vo poorna hai matlab usme koi galtiyan nahi hai ushe kishi cheez ki kami nahi hai toh vo insaan galat hai ,ham sab kahi na kahi bikhre ,koi kishi ki yaadeion mein bikhra hai toh koi apne sapno mein ,bachpan seh yehi talim mili ke agar jeena hai toh apne hath bandh kar jiyo ,mein aaj tak ye nahi samajh paaya jo aache hote vo itne jaldi chale jaate hai ,kya swarg ki vacany khali ho jaati upar mein jo itne sarre acche log employer bann kar naukri karne jaate hai ,par jab vo jaate hai toh phir laut kar kyun nahi aate ?

Bahut saare saval hai zindagi mein bachpan seh par un sab ki baateion agar karne laga toh sayad apni adhuri daastan hee likh payun ?par phir bhi kuch saval hai jo sayad apke dil ke mohalle ko thodi der ke liye sahi par rauk sakte hai ,pehla saval ye ki akhir kab tak ham ish bheed mein khoye rahege aur khud ke wajood ki har ek norr ko dhundege ,akhir kab tak chaar saal tak padhai or degree lene ke baad bhi apni CV ko mehbooba ki tarah rakhege ,akhir kab tak desh ki economy ke naam par ham apone tax badhege ,akhir kab tak ham students khud ki jaan lege ?duniya mein itni saare baateion ,aur mein ye bhi manta bhi manta hun ki bahut saari problems par iska matlab toh ye nahi ki iska koi solution nahi hai, sarkaar ki aaj har ek baateion jhooti lagti hai aur vo ishliye kyunki vo vaade toh har baar karte hai par unhe nibhate nahi ,uski bhi sayad ek wajah ho sakti hai ,aur vo wajah ye hai ki jinke daato mein paisho i chamak ek baar lag jaye toh uske baad vo apni insaniyat tak bhool jaate hai ,ish desh ke har ek cheez aab kalabazari mein shammil ho chuki hai ,aur ham cheezo ki hee baateion kyun kare vo toh waiseh bhi apni saaseion par jo saaseion lete hai aur jo ish desh mein ek insaan ki wajood ki tarah apni zindagi ko ji rahe hai unka kya ? unki har ek soch aaj dogli ho chuki hai ,aur dukh ki baat ye hai ki ham cahh kar bhi unhe unke jehan seh nikal nahi sakte ,mehnat aaj sirf ek sabd hai aag nahi ,mein bhi pehle sochta tha ki apni mehnta seh apne har vo sapne purre karunga jinke khwaab mein bachpan mein dekhta tha par kismat ki jab hava unhe lagi toh unhone toh apne raste hee badal diye ,kehte hai har insaan ki fidrat mein havaniyat nahi hoti ,par samaj ye unke khud ke log jab unhe ush taraf badhane ki kosis karte hai toh ush waqt vo khud ko rauk nahi paate ush raste seh durr hatne ke liye,maine sirf ye suna hai ki agar kishi insaan ki koi cheez kho jaye jisse vo behad pyar karta hai aur uske veena vo jee nahi sakta ,toh ush waqt uske haalat bilkul ush sham ki tarah ho jate jo kuch waqt ke liye apni roshni dikha kar jaati hai vo bhi insaniyat ke liye ,maine bhi ek cheez khoyi hai apni zindagi jo mere liye behad zaroori thi ,par aab vo mere paas nahi hai aur sayad jeene ki khawish aajkal mere hisse mein kuch khaas nahi hai ,par mein ush waqt nahi badla ,maine bhi socha tha ki kya hua agar vo sath nahi mere koi baat nahi ,mein ushe phir seh paane ki koshish karunga ,per vo tamana kabhi purri hui hee nahi ,par kya aap sab ki mein jiski baateion kar raha hun vo kaun shi cheez hai ?

CHAPTER SIX

PISTOL WAR OF JOBS

UTTAR PRADESH
ADAUN ALIGARH
200201......

Waiseh zindagi ke baare mein kaffi suna hai maine vo bhi bachpan seh ,log ish badnaam bhi behad karte hai ki ye ek khel hai ,nahi toh ye ek jua hai ,aur bhi bahut saari baateion hai jo iske hisse mein mahsoor hai par meri liye ye sirf ek safar hai jishe mein aaj bhi nahi cahhta aur vo ishliye nahi cahhta kyunki ?

ANMOL RATHOR
22\03\1998
ADAUN ALIGARH

Maine ye pechaan upar ishliye di hai kyunki mujhe sach mein ek waqt par iski zaroorat thi par aab toh purre uttar pradesh mein ANMOL RATHORE ko har koi janta hai ,khair iske peeche bhi ek raaj jo aap sab ko zaroor batayege ,par ham pehle kehna kya cahhte hai vo toh samajh lijiye,BIHAR aur UTTAR PRADESH ki ek hee khasiyat hai hai ki yeha so do tarah ke logg nikalte hai vo bhi bheed ek vo apni dharti ma ke liye kuch bhi kar sakte hai aur dusre vo jo khud ko uccha banane ke liye kishi bhi haad tak ja sakte hai ,katto ki yeha ek khaas baat hai ,kyunki yeha kishi bhi vidalya mein padahi kaam hoti hai aur katto ki baat zayda hoti hai ,par aishi baat nahi hai ki UTTAR PRADESH mein padhne vaale log nahi hai yeh kabbil nahi hai ,agar kabil na hote toh apne dharti ma ke liye lakhon ke katar mein fauj mein shammil kaiseh hai ?yeha agar achai hai toh burai bhi hai ,par agar dono ke tarazu ki bhumika agar nappi jaye toh burai hamesha aage hai vo bhi achai seh,aur vo ishliye kyunki iski bhi suruyaat kishi insaan dvara hee gayi hai ,zindagi ek bhumika nibhti hai hamari zindagi jo aam waqt aur kishi ki mamuli manjil seh behad algfa hoti hai , bachapn seh lekar aaj taka baba ne yehi sikhya hai ki agar zindagi jeene ki fidrat hai toh prem seh durr raho kyunki vo insaan ko majboot nahi kamjoor banati hai ,mujhe ye nahi ki vo ye baateion mujhe kyun bolte thhe ,kyunki ghar mein aur bhi mere bhai behan thhe jinhe vo ye baateion samjha sakte thhe par unhone kabhi unke samne ye jahir hee nahi kiya ,aur dusri taraf ma bhi mujhe vhi talim dusre tareeqe seh deti thi ,ki agar tujhe aage badhna hai tohg logo ko maff karna sikh ,tuhe pata hai mahabharat mein bhagvaan krishna seh bada yodha koi nahi tha ush kurushetra mein phir bhi unhone apne hatiyaarb nahi uthaye vo bhi kishi ki hatya karne ke liye ,kyunki vo jante thhe ki agar mein hee dharm ke virodh chala jayunga toh dharm ki raksha kaun karega ?

bachpan seh ye baateion sun ke bada hua hun ,aur iski ek khaas baat ye bhi ki mein dono taraf seh apni ladai ladd sakte hun cahe vo burai ki taraf seh ho ye achai ki taraf seh ,par ye meri kahani nahi hai na hee mere wajood ki ibtida hai ,mein ye baateion ishliye keh raha hun kyunki koi bhi insaan bachpanb seh haivaan nahi hota ,kyunki ye toh vo maaya hai jo kishi dusre insaan ke dvara hame di jati hai ,aur ush waqt ham uski di hui talim ko samajh bhi nahi paate ki uski tamana kya hame lekar,khair aap sab ko ek aiseh safar lekar chalne vala hu jaha ki fidrat meri maut seh likhi ho sakti hai ?

CHAPTER SEVEN

B.TECH VALI DEGREE

mein ANMOL RATHOR ,jisne B.TECH ki degree li hai vo bhi engineering mein ,maine ishe aur bhi lamba ishliya likha kyunki iski khairat kabhi meri zindagi mein chhoti pari hee nahi ,matlab abhi kahani bakki hai toh pehle seh iske raheshya ki taalash mein ham apni aankheion kyun brahmit kare ?mere papa jo ki profession seh ek thekedar hai par aaj tak unhone kabhi kishi ka theka nahi liya ,aur meri ma jo meri purri duniya hai vo peshe ek teacher hai jinhone aaj tak purre ghar ko sambhal rakha hai ,waishe meri bhai behan bhi ,jinke naam ki pechaan ROHAN ,aur SAVI hai ,rohan jo ki mere chhota bhai par purre ghar ka ladla hai aur rahi raat hamari chooti shi jaan ki jo ki hamari savi hai vo meri ma ki vo jaan hai jishe ma khud seh kabhi durr nahi kar sakti hai aur rahi baat meri toh meri pechaan bas itni shi hai ki mein PAVITRA SADAN ka badal ladka hun ,pavirta sadan ka ishliye kyunki meri ma ka naam PAKHI RATHOR hai aur mere baba ka naam TAKSHA RATHOR hai ,waiseh ek baat bata dun ki hamari family kuch zyada hee complicated hai ,matlab bachpan seh lekar aaj tak hamari zindagi flat track bpar chali ,jab bhi dekho toh bounce karte rehti hai ,aur sabse zyada isne tab bounce kiya tha jab CORONA ki ghanti hamare desh mein aayi thi ,ush samay paisho ki aishi kami hui ki hamare ghar ki economy ekdam seh neeche hee chali gayi ,ush samay mujhe pehli baar afsoos hua tha ki mein engineer hee kyun bana ,kyunki ush waqt mujhe yaad degree liye hua lagbhag do saal ho gaye thhe aur mere pass tab bhi job nahi thi ,ma ne ush waqt bhi mujseh yehi kaha tha ki beta tu bhale hee ki kitna bhio honhaar kyun na ho par agar teri jeb khali hai toh duniya bhi tujhe bakki unhi insaano mein shammil jiske sapne toh bade hote hai par vo apni zindagi mein kuch khaas kar nahi paate ,ush din ma k baateion sach lagne lagi thi mujhe ,maine kayi baar try bhi kiya ,yeha tak ghanto -ghanto tak job paane ke liye logo ke darbaazo per bhi gaya ,phir bhi mujhe naukri nahi mil ,par salah kayi mile ki tum aisha nahi karte toh tumhari zindagi aaj kuch aur hoti ,shock toh tab laga jab maine ush ladke ko dekha jo mujseh hee nakal kar kishi bhi tahar seh paper mein pass ho jata tha aur dusri taraf jisne chaar saal tak kadi mehnat phir bhi aaj tak hathon mein chaar sikko ke ilava kuch bhi nahi hai ,vo ladka aab ASSISTANT ENGINEER aur mein ASSISTANT LOCAL bann chuka hun ,ha par aishi baat nahi ki mere pass kam nahi hai ,kaam hai ,subah chhote bhai -behan school chhodne jayo phir papa ke liye khana lekar phir raat ko ma ki daat suno aur uske baad besharam ki tarah khana kha kar so jayo ,chaar saal aishe nikal jaishe ki kishi vacation par gaya tha ,ghush dekha naukri le nahi sakta kyunki meri ma teacher jo thi ,ishliye sochta tha ki kaash ish duniya mein agar khud ke wajood ko hee mita dun toh sayad mere ghar ki problem bhi solve ho jaye aur unke kharche bhi ,aur sayad mujhe vo din bhi yaad hai jish din maine ye tay kar liya tha ki aab bahut ho gaya ,aab mujhe ish duniya seh jaana hee hoga ,kyunki life mein sirf comedy hee toh chaal rahi thi ,koi aisha bhi toh seen jisme logg mujhe sympathy de aur kam seh kam bechara bhi keh de ,ishliye maine 22 feb 2022 ko ye socha ki chalo kudd hee jata hai ,mere kehne ka matlab hai ki kishi gehri nadi mein kudkar apni jaan de hee dete hai ,kyunki agar galti seh ghar mein aisha kuch karta toh mein marta baad mein par usse pehle mere mohalle mein ye news pehle phelti vo bhi corona ki tarah ,ishliye maine socha ki kishi nadi mein hee kudd jaate hai ,mein apne sabdo mein jahir bhi nahi kar sakte ki mein kitna tutt gaya tha ush din jab ma ne ye bola ki kaash teri jagah meri ek ladki hee hoti jo mere rasto par chalti aur meri baat maan kar ek dhang ki job bhi kar hee leti ,par tunne meri baat maani kaha hai ,tu toh sirf apne baba ki baat manta hai ,unhone toh apni zindagi mein kuch bhi nahi kiya mujhe laga tha ki tu kuch karega ,par tu bhi unhi kii tarah nikla ,iske peeche bhi ek raaj hai ki ma ne ye baateion mujhe kyun boli thi ,toh baat kuch aishi thi ki ROHAN ush din bimmar tha aur ma ne mujhe ye bola tha ki mein aaj sahi samay pe laut nahi payungi toh tu ROHAN AUR SAVI ko unke school seh lete aana aur ROHAN ki tabiyat bhi khrab hai ishliye ushe daba de dena aur uska khyal rakhna ,ma ek goverment school mein kaam karti jo ki hamare ghar seh behad durr tha ,ishliye ma hamesha late seh aati thi ,ishliye ma ne mujhe pehle hee call kar ke ye keh diya tha ki beta ROHAN ka dhyan rakhna aur jab tak mein na aa jayun tab tak tu ghar seh hilega nahi , in sab ke baad maine unki baateion suni aur mein phir school bhi gaya aur rohan aur savi ko lekar bhi aaya aur rohan ko daba bhi di ,ush waqt toh sab kuch theek thak hee tha ,par ushi waqt mujhe ek call aaya ki baba ki bhi tabiyat khrab hai ,aur ye call jisne kiya tha vo unke majdoor jo unse behad pyar karte thhe ,unhone mujseh bola bhi ki ham inhe chhod dege beta aap matt aayo ,par kya karu dil nahi maana akhir jiske kandho par baithkar mein purri duniya ghum chuka akhir unhe ush haalat mein akela kaiseh chhod sakta tha ,ishliye mein ushi waqt rohan ko sulakar seedhe papa ke paas gaya aur ush waqt papa ki bhi tabiyat bahut khrab thi ishliye usse pehle mein unhe DR .HARISH ke paas le gaya jo mere papa ke durr ke saale lagte hai matlab mere mama bhi vo bhi durr ke ,phir jaishe hee mein unhe dikha kar ghar lekar aaya toh ush waqt raat ke 9 baj chuke thhe ,ishliye mein sabe pehle daur kar ROHAN aur SAVI ke kamre mein gaya par jaishe mein hee unke kamre vo mujhe vha dikhe hee nahi ,phir maine unhe terrace par bhi jakar dekha par vo vha bhi nahi thhe ,akhir vo gaye toh gaye kaha ?maine phir KAVITA AUNTY seh bhi pucha ki kya apne ROHAN aur SAVI ko dekha hai ?par unhone ush waqt kuch bhi nahi kaha ,mein baba ko ye baat bata nahi sakta kyunki unki haalat pehle seh kharab thi ,aur agar ma ko call karta toh vo bahut zyada darr jaati ,ishliye mein uske baad seedhe bagal vaale park mein gaya jo ki hamare ghar seh lagbhag kuch hee durr tha ,par vo vha bhi nahi tha ,mein ush waqt behad darr chuka tha ,aur sayad zindagi mein ush din pehli baar roya tha ,isse pehle mein unhe kahi aur dhundne jaata usse pehle hee ma ka call aaya ,mein ush darr raha tha ki kya kahuga inse ,ki ROHAN aur SAVi ghar par nahi hai .

CHAPTER EIGHT

LET SEE THE VIEW

par baat chupane vali bhi nahi thi ,kyunki agar unhe kuch hota toh sayad mein kabhi jeene ki gujarish karta hee nahi uske baad ,vo kehte hai na agar waqt par kishi jhkam ki daba bann jaye toh insaan apni sasseion phir seh vapas laane ki kosis kar sakte hai aur agar ush waqt usne thodi shi der ki ye vo ushe najarandaaz karta hai toh baat ye bhi ho sakti ki uski jaan na bache ,mein janta tha ki maine aaj kuch khoya hai apni ma ki aankheion ishliye ushe lautane ki kosis bhi toh mein hee karunga na ,par mujhe pehli baar ushi din ye aehsaas hua ki meri kismat bhi yamraaj ne hee likhi hai kyunki na toh do pal dhang seh ji sakta aur na hee maar sakta tha ,jab ma ka call aaya aur mein jab ghar gaya unhe ye kehne ki ROHAN ,SAVI mujhe nahi mil rahe usse pehle hee jaishe hee maine apne ghar ki dehlij laangi ,ushi waqt ma ki chaapal seedhe mere muhh par jakar lagi aur uske lagte hee ROHAN aur SAVI bhi mere samne maujood thhe ,matlab kya hai ?ye koi zindagi hai ye khel samajh hee nahi aa raha tha ?khair ush din ma ki maar buri nahi lagi ,lagi toh unki baateion jo seedhe mere jehan mein ish kadar shammil ho gayi jishe cahh kar bhi ush din khud seh alag nahi kar sakta ,kyunki jo alfaaz unhone ush din mujseh kahe sayad mein unke layak bhi tha ,kyunki meri wajah seh ush din kishi ki jaan bhi ja sakti thi , aur vo kehte hai na ki saude rishto ki kiye jaate hai ish duniya mein insaan ki jaan ki nahi,a ur aap sab ko pata ush din kiska sauda kiya tha mere eklaute bhai ,mujhe toh khabar bhi nahi thi ki ye fanna bhi mere hisse mein likhi gayi hai ,khair mein aishi baat kyun keh raha hun chaliye dekhte hai ?

CHAPTER NINE

NOT EXCEPTED

Ishq vo numaaish hai zindagi mein jo har kishi ko naseeb nahi hoti aur sayad jinhe hoti hai vo kabhi ek dusre ke sath ant tak sath nahi rehte hai ,maine jitni bhi zindagi dekhi hai ,mein un sab mein khud ki taalsah karta hun kyunki mein janta hun ki meri zindagi bhi unhi mein seh ek hai , aur mein unhi mein khud ko kho chuka hun aur ish tarah seh khud ko kho chuka ki mujhe ye aehsaas bhi nahi ki meri maut mere kabr tak bahut pehle hee pauch chuki hai aur mein apne hisse mein jeene ki gujarish kar raha hun ,ush din jab ROHAN bimaar tha toh maine ush chhoda nahi tha ,na hee mein ushe najarandaaz kar ke apni khushyion dhundne gaya tha ,mein toh apne ush farz ko purra karne gaya jiski talim bachpan seh di gayi hai aur sayad mein unhe cahh kar bhi bhul na payun ,mere hisse ki ush din sarri khushyian ek jhtake mein tabah ho chuki thi ,mein cahh kar bhi samjah nahi pa raha tha ki mein kar kya raha hun ,mein unhe sachai bhi toh bata sakta par ush waqt mein samajh hee nahi paaya ki mein ma ke samne kya bolun ?

ek taraf baba ki tabiyat khrab aur dusri taraf ROHAN ki bhi ,mujhe laga jab tak vo dono neend mein hai ,utni der mein baba ko mein lekar apne sath aa jayunga ,par kismat ne toh kuch tay kiya tha mere liye ush din ,jab maine ma seh ye baateion kehne ki kosis ki toh unhone meri baateion suni tak nahi ,phir mein unse kehna cahhta ki mein galat nahi hun ,par usse pehle akhir vo dono mill gaye thhe toh ma ke sabdo mein mere liye chinta ki jagah krodh ki baateion kyun thi .

CHAPTER TEN

SHATTERED CONVERSATION

"*ANMOL : Ma mein sach keh raha hun mujhe sach mein ek zaroori kaam tha ishliye mein bahar gaya tha ,aur jish waqt mein bahar gaya tha ush waqt maine rohan ko daba di thi aur mein savi ko bhi sula kar aaya tha .*

MA : Tujhe mallom bhi nahi anmol ki tunne kiya hai agar mein sahi waqt par nahi aata toh aaj rohan ki jaan bhi ja sakti .

ANMOL : Kya ? (shocked)
ANMOL : Aisha kya hua hai rohan ke sath ki usi jaan ja sakti ek normal fever hee toh tha >

MA : Ek normal fever ,tumhe pta bhi nahi hai anmol ki jo daba tumne rohan ko khilayi thi vo expire date ki thi ,uske khaate hee ye behosh ho chuka tha ,aur agar mein sahi waqt par na aati toh aaj hamare beech mera rohan na hota , tum itne laparvahh kaiseh ho sakte aur kaun sa kaam tha jo tumne apni bhai tak ko marne ke liye chhod diya ?

ANMOL : ....

MA : Bolo anmol ,waiseh bhi tumne apni degree purri kar li hai aur tu kuch karta toh hai nahi sirf din bhar ye toh ghar mein baitha rehta ye toh apne loafer dosto ke sath ghumte rehta hai ,tujhe pata bhi hai SATISH ji ka ladka aaj lakhon mein kaa raha hai jo ki tujseh teen saal chhota hai ,maine kabhi tujseh ye umeed nahi ki thi ki tu bhi apne baba ki tarah niklega ,sharm aati hai mujhe tujhe apna beta kehte hue ,agar tu apne parivaar ke liye apni ma aur apne bhai-behan ke liye kuch kar nahi sakta toh bas ek kaam kar hame akela chhod de...

ANMOl : ...."

CHAPTER ELEVEN

ALTERED SMILE

khamoshi jehan seh hokar gujar chuki thi aur mein ush waqt yehi socha raha tha ki maine khoya kya hai ?ush di ma ne jo peeta vo toh mere liye mohabatt hee thi par jo baateion unhone kahi ushe sunne ke baad pata hee nahi chala ki lamhe kab gujar gaye mere tabusaam ke , matlab mein unse kuch keh hee nahi paya ,par thik hee hun ki ma na jo apne sabd bahut din tak khud ke dil mein dabaye rakhe akhir kar unhone mere samne bol hee diye , khair unke lafzo seh bhi kuch khaas dikkat nahi thi mujhe ,par jab unke alfaaz mujhe mahasoosh tab sayad dikkat aur bhi badh gayi thi ,maine unse uch waqt kuch bhi nahi kaha bas baba ki bike nikal aur ek safar par jaane ke liye tayar ho gaya ,agar ma ke samne jaata toh sayad vo mujhe jaane nahi deti ,ishliye mein sabse pehle apne kamre mein gaya aur uske baad peeche ke darvaaje seh seedhe bahar nikal gaya .

Aishi baat nahi thi mein unki baateion sunkar thak chuka tha ,par ush waqt mujhe bahut saari cheeze mahasoosh ho rahi thi jishe mein agar unke samne kehta toh sayad harr jaata khud ki najron mein ,ush din pehle baar meri basanti mere sath nahi thi ,matlab mein apne helmet ki basat kar raha hun ,ishliye mein zyada durr tak ja nahi sakta varna police vaale pakad lete ,aur dusri taarf ush waqt corona ki mohabaat bhi kam kaha hee hui thi ,par mein janta tha ki mujhe jaana kaha hai ,kish raste ki talim lekar apni manjil ki aur badhna hai ,ishliye mein YAMUNA BRIDGE ki taraf gaya tha ,khud ki jaan lene nahi balki kuch der ke liye aazad hone ke liye vo bhi ush duniya seh jo meri apni thi par ush din apni lagi nahi ,bahut alag tarah ke khyal aa rahe ush din usme seh kuch khyal toh aishe bhi thhe jishe mein apne apna alfaaz mein likh bhi nahi sakta ,kahir kehte hai ki zindagi mein sarre raste kathin lage toh kuch der ke liye rukk jana hee behtar hota hai ,ishliye mein ush waqt khud ko raukna cahhta tha ,ghar mein haalat ush waqt aishe bann gaye thhe ki mein cahh kar usse durr nahi bhaag sakta ,isse pehle mein phir apne aashiyane ki taraf usse pehle hee ek alag hee faana mere samne aa gayi ,vo bhi POLICE valo ki sakal ,mujhe nahi pata ki vo vha bhi petroling kar rahe thhe ,mein bas bridge ki upar baitha hua tha aur unhe ye lag raha tha ki mein sucide karne ja rha ishliye unhhone mujseh pehle puch taach ki uske baad unhone mere bike ko bhi seal kar diya aur uske baad kya mein jaha seh aaya tha vo mujhe vhi chhod gaye ,matlab mere ghar ,padosi ye soch rahe thhe ki maine kuch galat kiya hai aur ma ush waqt ye soch rahi ki kahi mere bolne ke wajah seh isne kuch kiya toh nahi ,par isse pehle mein unhe kuch samjhata ,usse phele unhone sab keh diya ki mein bridge ke upar baitha aur kya kar raha tha ,matlab kya hai ?zindagi na toh marne ka mauka de rahi hai aur na hee jeene ka ?upar seh azadi alag hee phatom bann chuki thi meri zindagi mein ,maine socha ush waqt ma thoda kaam dategi ye unhe meri chinta zyada hongi ,per unhone toh aur bhi peetna suru kar diya ,aur jo mohalle vaale mujhe ye bolkar bacahne aaye ki bhala apne bade ladke ko koi aishe bhi marta ,vo bhi ush waqt meri ma ke hathon seh bach nahi paaye vo kehte hai na gehu ke milavat mein agar chaval ki hera pheri ho jaye toh piste toh dono hai ush waqt ,par jiski matra zyada hoti hai uski ke pravabh seh pet ki kamai hoti hai ,par kishi seh suna ki acche waqt ki koi surat nahi aur burre waqt ki sura koi dekhna cahta ,mein ush din thak chuka ma ki daat sunkar aur mohalle vali fake sympathy lekar ,mein ush waqt bas itna cahhta tha ki meri naukri lag jaye ,kyunki mein aab apne ghar mein aur nahi ruk sakta ,kyunki uske deeware bhi mujh berojgar keh rahi thi ,aur mein sach mein cahhta ki meri naukri lag jaye ,aur sayad ush din vhi hua jo mein cahhta tha ,matlab meri naukri sach mein lag gayi thi vo bhi BORDER SECURITY FORCE mein ,vo kehte na khali hathon mein bhi kismat ke dhaage bandhe hote hai ishliye apni kismat par hame kabhi sakh nahi karna chaiye ,mein jab BSF ka form bhara toh maine kishi ye baat nahi kahi thi mein BSF join karna cahhta tha ,par jab SANTOSH uncle mere offer letter ke sath ush waqt maujood hue vo bhi purre mohalle ke samne vo bhi jodd -jodd seh ye kehte hua ki anmol ki naukri lag gayi ,anmol ki naukri lag gayi ,ush waqt aisha mahasoosh ho raha tha ki naukri meri nahi unki lagi hai , waiseh inke baar mein baad mein batayunga ,usse pehle jashn toh bana lun .

Heaven Victory With Suspense

Akhir kar jish cheez ka intezaar mein besabri akhir uski tamana purri ho hee gayi ,finally mujh ek job mill hee gayi ,par vo sirf ek naukri nahi thi mere liye meri zindagi thi ,jiske baare mein maine kabhi apne ma baba ko bataya hee nahi ki mein BSF join karna cahhta hun kyunki mujhe lagta tha ki agar sapne hassil karne hee hai toh pehle purri mehnat toh kar lun ,ishliye mein utne din tak chup raha kyunki mein sahi waqt ka intezaar kar rah aur akhir kar vo din aa meri zindagi aa hee gaya ,ush din bhale hee purre mohalle mein meri naukri lagne ki khushi mein log naach rahe thhe par koi tha jo aab bhi mujseh bicharne ke gam mein mahroom tha aur vo koi aur nahi balki mera parivaar tha ,ma ne ush din bhi bahut saari baateion par jo baateion unhone ush din mujseh kahi thi ,ushe soch aaj bhi apne aasyun rauk nahi pata ,per vo baateion thi kaunse ?

9 798889 868460

Printed by Libri Plureos GmbH in Hamburg, Germany